W9-BXV-240

Amelia's Show-and-Tell Fiesta

Amelia y la fiesta de "muestra y cuenta"

To mi Mama Cubana and my husband, Bob,
and to Katherine, Julie, and Kendra,
for making this book better
—M.C.

For Carolina and Graciela
—M.A.

Amelia's Show-and-Tell Fiesta

Translation by Cristián Pietrapiana

www.harperchildrens.com

Library of Congress Cataloging-in-Publication Data
Chapra, Mimi.
Amelia's show-and-tell fiesta / by Mimi Chapra ; illustrated by Martha Avilés
p. cm.
Summary: Excited about the first show-and-tell in her new American school,
Amelia brings in her special fiesta dress from Cuba.
ISBN 0-06-050255-X. — ISBN 0-06-050256-8 (lib. bdg.)
[1. Show-and-tell presentations—Fiction. 2. Cuban Americans—Fiction. 3. Schools—Fiction.]
I. Avilés Junco, Martha, ill. II. Title.
PZ7.C3733 Am 2004 [E]—dc21 2002010273 CIP AC

Typography by Al Cetta
1 2 3 4 5 6 7 8 9 10
❖
First Edition

Amelia's Show-and-Tell Fiesta

Amelia y la fiesta de "muestra y cuenta"

By Mimi Chapra

Illustrated by Martha Avilés

KATHERINE TEGEN BOOKS

An Imprint of HarperCollins*Publishers*

Up the steps, two at a time, Amelia runs into her new school *americana.*

She takes a seat in the front row of the class.

Then Amelia leans forward, following her teacher's every word.

Por las escaleras sube Amelia, saltando los escalones de dos en dos. Está en la escuela, su nueva escuela americana.

Se sienta en la primera fila del salón de clase.

Y presta atención a la maestra y a cada una de sus frases.

"For tomorrow's show-and-tell," says Mrs. Jenner, "bring something special you'd like to share with your friends. Then everyone will have a chance to talk about their treasures."

"Ay." Amelia claps her hands together. "I think I understand."

Now Amelia's plans, *muy grandes*, pull her in like the tide.

"For my first show-and-tell, I'll find something *estupendo* from my island home."

—Para la hora de "muestra y cuenta" de mañana —dice la Señora Jenner—, traigan algo especial que quieran compartir con sus amigos. Así todos tendrán la oportunidad de hablar sobre sus tesoros.

—Ay —dice Amelia con una palmada—. Creo que entiendo lo que dice.

Y le surgen ideas y planes muy grandes que la arrastran como la marea.

"Para mi primera hora de 'muestra y cuenta', hallaré algo estupendo de mi isla querida".

Closing her eyes, Amelia pictures her fiesta dress, the one she wore to Carnival parade.

"Perfecto," she decides. And her smile stretches wider than the sea at Miramar.

Con los ojos cerrados, Amelia se imagina su vestido de fiesta, el mismo que llevó al desfile de carnaval.

"Perfecto", ya está decidido. Y su sonrisa es más ancha que el mar de Miramar.

Next morning Amelia rises before the rooster.

Looking out the bedroom window, she combs her curly hair over and over.

Then carefully she steps into her special dress.

"My fiesta dress has one, two, three fancy skirts," Amelia says proudly.

She tries a teeny twirl, and her ruffled skirts flutter.

A la mañana siguiente, Amelia amanece antes que el gallo.

Mirando a través de la ventana, se peina el cabello rizo, una y otra vez.

Con cuidado, se pone su vestido tan especial.

—Mi vestido de fiesta tiene una, dos, tres finas faldas —dice Amelia orgullosa.

Luego, da un pequeño giro y sus faldas de volantes fruncidos se menean.

First *rojo* whips around her hips like red-hot peppers.

El rojo envuelve sus caderas, como chiles picantes.

Amarillo swirls about her knees like a sea of yellow corn.

El amarillo se arremolina a la altura de sus rodillas, como un mar de maíz.

When Mama sees Amelia looking so fine, she cries, "*¡Magnifico!*" and pins a gardenia in her daughter's hair. Then, arm in arm, they walk to the new school.

Cuando mamá ve a Amelia luciendo tan bella, dice: —¡Magnífico!— y coloca una gardenia entre los cabellos de su hija. Luego, de la mano, caminan hacia la nueva escuela.

SCHOOL

Into the class Amelia goes. But one glance around the room, and suddenly she feels foolish, like a crazy chicken, a *pollo loco.*

"*¿Qué pasa?*" she wonders. "I'm the only one in costume!"

Amelia entra al salón de clase. Mira el salón de un vistazo, y de repente se siente tonta, como un pollo loco.

"¿Qué pasa?", se pregunta. "¡Soy la única vestida para la ocasión!"

Over in the next seat, Parvati asks, "What did you bring?"

"Bring?" Amelia frowns. "My fiesta dress."

"No, I mean what did you bring for the show-and-tell basket?"

"I don't understand," Amelia says in a teeny voice.

Desde el otro asiento, Parvati pregunta: —¿Qué trajiste?

—¿Qué traje? —contesta Amelia frunciendo el ceño—. Mi vestido de fiesta, eso traje.

—No, quiero decir, ¿qué trajiste para la canasta de "muestra y cuenta"?

—No comprendo —dice Amelia en voz baja.

Now her fiesta dress doesn't seem special. Not anymore. It can't be put in a basket and passed around and touched, like the other terrific toys.

"*Caramba,*" Amelia sighs. "I want to go home."

Suddenly she hears Mrs. Jenner call her name.

"Ay, mistake *muy grande*. I brought nothing for show-and-tell!"

Ahora su vestido de fiesta ya no luce tan especial. No lo puede colocar en la canasta, ni hacerlo circular por la clase para que lo toquen los demás, como los otros magníficos juguetes.

"Caramba", suspira Amelia. "Quiero volver a casa".

De repente escucha a la Sra. Jenner que la llama con ternura.

—Ay, esto es un gran error. ¡No traje nada para la hora de "muestra y cuenta"!

Standing in front of everyone, empty-handed, she freezes.

"Amelia," the teacher says softly, "tell us about your beautiful dress."

But Amelia can't tell the class about her fiesta dress, with one, two, three fancy skirts.

De pie, frente a todos y con las manos vacías, Amelia se queda paralizada.

—Amelia —dice la maestra suavemente—, cuéntanos de tu hermoso vestido.

Pero Amelia no puede decirle nada a la clase sobre su vestido de fiesta con una, dos, tres finas faldas.

Amelia starts to move away. Then suddenly, *whoosh,* her skirts whisper and stir up her senses.

Amelia remembers tropical breezes. Tropical breezes that made palm trees sway. Finding her voice, she has something to say.

"LA, LA, LA BAMBA," Amelia sings. "On my island home we love fiestas."

Looking up, she sees curious faces.

"We love fiestas with dancing in the streets!"

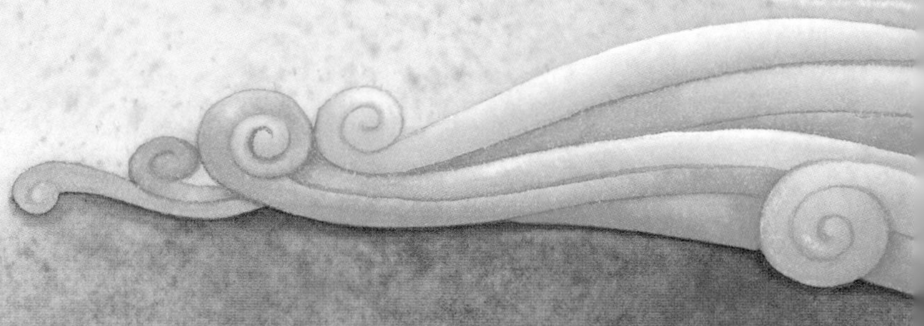

Amelia comienza a alejarse, cuando de repente, *¡shush!* Su falda susurra y despierta sus sentidos.

Amelia recuerda las brisas tropicales y sus ruidos. Las brisas tropicales que hacen menear las palmas. Recobra su voz, tiene algo que decir.

—LA, LA, LA BAMBA —canta Amelia—. En mi isla querida amamos las fiestas.

Y nota que las caras curiosas la miran con sorpresa.

—¡Amamos las fiestas con bailes en las calles!